CHARLES MORICE

LETTRES A MES AMIS
sur quelques points de durable actualité

I

Le Retour ou : Mes Raisons

Ce qui est, c'est croire.
VILLIERS DE L'ISLE-ADAM.

A LOUIS LE CARDONNEL, Prêtre et Poète.

PARIS
ALBERT MESSEIN, ÉDITEUR
SUCCESSEUR DE LÉON VANIER
19, QUAI SAINT-MICHEL, 19

1913

Deuxième Édition

LETTRES A MES AMIS

SUR QUELQUES POINTS DE DURABLE ACTUALITÉ

—

I

LE RETOUR OU : MES RAISONS

A LA MÊME LIBRAIRIE

Pages Choisies. 1881-1911.

A Paraître :

Lettres à mes amis. — **II. L'Amour et la Mort.**

CHARLES MORICE

LETTRES A MES AMIS
sur quelques points de durable actualité

I

Le Retour ou : Mes Raisons

Ce qui est, c'est croire.
Villiers de l'Isle-Adam.

A LOUIS LE CARDONNEL, Prêtre et Poète

PARIS
ALBERT MESSEIN, ÉDITEUR
Successeur de LÉON VANIER
19, QUAI SAINT-MICHEL, 19

1913

AVERTISSEMENT

En proposant, sur les plus graves objets qui sollicitent nos méditations, ses personnelles certitudes, l'auteur n'a pas l'outrecuidance de présumer que son avis, parce qu'il est le sien, puisse entraîner la conviction d'aucun lecteur. Des écrits de cet ordre, où tout l'intérêt est dans la force des intuitions, dans l'enchaînement des raisons, devraient solliciter directement et nûment l'attention du public, sans la distraire par un bruit de syllabes étrangères au débat. Et qui donc, quand le tout de l'homme est en cause, apporterait comme un argument son nom ?

L'auteur, pourtant, signe ; parce qu'il a antérieurement signé d'autres pages où la vérité était mal interprétée ou méconnue ; et parce qu'une rétractation préliminaire de ces erreurs a été publiée sous la forme de l'interview dans un grand journal de Paris (1), avec une profession de foi catholique — très loyalement rapportée, à coup sûr, mais qui dut être confusément formulée, car elle est plus nette par le ton que dans le fond : il convient que toute méprise soit écartée.

C'est pour bien marquer l'opposition entre ses convictions présentes et ses opinions antérieures que l'auteur dédie ces essais, sous la forme de lettres, à des amis nominativement désignés. Ils sont les irrécusables témoins de sa transformation spirituelle, qui déterminera désormais et expliquera le sens de ses efforts nouveaux.

La « lettre » lui a paru, en outre, le meilleur moyen d'exprimer utilement , et en les déga-

(1) *Le Temps*, Interview de l'auteur par M. Jean Lefranc.

geant de tout pesant appareil doctrinal, des idées générales et très sérieuses. Elles se circonstancient, elles prennent une vie particulière selon le caractère de la personne que l'épistolier vise et par laquelle il veut être entendu. Mais le destinataire n'est pas isolé dans le temps et dans l'espace, il appartient à une certaine catégorie humaine dont toutes les unités seront sensibles aux traits qui le toucheront — si les pages apparemment destinées à un seul peuvent être lues de tous. Une collection de telles lettres, adressées à des esprits très différents, multiplie le cercle de chacune d'elles par celui de toutes les autres.

Et puis, la Lettre, en se réclamant des droits de l'amitié à l'égard de son destinataire immédiat, conseille, à quiconque la lira par-dessus l'épaule de celui-ci, la bienveillance, — mieux encore, — une cordialité active, une sorte de collaboration, de connivence, qui accueille « en droiture » les déclarations de l'écrivain, qui n'y soupçonne jamais d'arrière-pensée et les interprète toujours dans le sens affirmatif et pur. — La lettre par excellence n'est-elle pas celle qu'un jeune homme plein d'espérance écrit à un camarade de son âge, qui lui aussi compte sur la vie ? Ils sont généreux et de bonne foi tous les deux, ils vibrent des mêmes enthousiasmes, ils se comprennent l'un l'autre à demi-mot, ils n'épiloguent pas sur des détails d'écriture, et s'il arrive qu'ils ne soient pas d'accord c'est sans violence qu'ils se reprennent. Ainsi sont écrites les Lettres que voici, dans l'espérance. La certitude, enfin ! de posséder la vérité apporte à l'âme une jeunesse seconde, qui déjà s'ouvre sur l'éternité. — Les amis connus auxquels on écrit, les amis inconnus qui leur ressemblent accorderont-ils à l'écrivain la bienveillance, et même la connivence qui feraient d'eux les lecteurs désirables, les désirés ?

Un avantage encore, très précieux, de la Lettre, c'est qu'elle permet tous les tons, tous les mouvements, jusqu'à cet apparent désordre des transitions brusquées, dont le

Livre s'accommode moins aisément. Elle consent que l'éloquence se détende en un sourire, que la dialectique la plus serrée, impatiente soudain du pas à pas des raisons successivement déduites, laisse à l'ami le soin de conclure. Elle appelle parfois ces confidences personnelles qui confèrent à l'écrit le chiffre de la vie. — On entend user sans prudence de toutes ces libertés, de toutes ces licences.

Quant au fond de ces Lettres « sur quelques points de *durable* actualité », je supplie le lecteur de n'y chercher ni de la quintessence ou de la poudre de bibliothèque, ni de la nouveauté. Ni résignation à la redite, au ouï-dire, ni prétention à l'invention.

Je ne suis certes pas un savant, et tout ce que je puisse me vanter de savoir, c'est que « tout est dit depuis six mille ans », etc. Si j'hésitais à en croire le classique français, le classique allemand me persuaderait par ce mot où il répond lui-même à la question qu'il pose — mais il y répond inconsciemment, car il ne paraît guère se douter qu'il commente le texte du classique français — : « Qui peut penser quelque chose, sotte ou sage, que le passé n'ait déjà pensé ? » Il est donc possible, probable : mes pensées ont été déjà pensées ; pourtant ce sont les miennes. Ce que j'ai lu dans les livres des autres, je ne me l'attribue pas, si j'estime utile de l'invoquer. Ce que je lis dans le livre intérieur, si j'estime utile de le transcrire, je ne m'enquiers pas que d'autres avant moi l'aient formulé. Pensées des autres ou pensées miennes, rencontrées et comme soulevées par l'esprit qui procède de la vérité et s'efforce de la dire, elles sont toutes, indifféremment et également, nécessaires, puisqu'elles ont toutes, logiquement et spontanément, répondu à l'effort de l'esprit : elles empruntent à *cet* effort de *cet* esprit, dans *cet* instant, la seule nouveauté à laquelle l'homme puisse sans folie se permettre d'aspirer ; elles deviennent, d'où qu'elles viennent, toutes miennes, du fait que je les ai puisées à l'immense trésor commun, selon l'énergie et la forme de mon cœur. — Cette nouveauté-là, qui est celle de la nature et de la vie, n'a pas à se défendre contre le temps. — Pour ce que les hommes désignent improprement de ce mot : « nouveau », c'est ce qui n'est pas durable ; développement du passé, accommodation de l'éternel à la circonstance présente de la durée, voilà le nouveau.

Du reste, et peut-être devrais-je m'en accuser, j'ai préféré les lumières qui jaillissaient de moi-même à celles que j'aurais pu trouver dans les livres. — Au critique incombe l'obligation de savoir, sur son sujet, tout ce qui peut s'apprendre ; le poète et l'artiste comptent plus sur les intuitions de leur propre sensibilité que sur les ressources de l'érudition. Le poète ou l'artiste ne s'attarde à la tradition que le temps de discerner les traits de la famille spirituelle à laquelle il appartient, il ne sollicite le conseil de ses devanciers que dans la mesure où ils peuvent l'aider à faire sa propre découverte, et il ne les cite point en marge de ses poèmes ou de ses tableaux. L'artiste spéculatif partage les droits et les risques de l'artiste plastique ou lyrique. J'ai pris, devant le conflit terrible et magnifique de l'affirmation et de la négation, l'attitude du peintre devant les grands jeux du jour et de l'ombre. — N'est-il pas bon de montrer que les voies naturelles et logiques mènent naturellement et logiquement l'homme, sinon à Dieu même et au dogme, du moins à cette évidence que, hors Dieu et le dogme, il n'est pour l'homme qu'incertitude, misère et désespoir ?

Il convient de laisser où elles sont, pour que nos enfants puissent les y retrouver, les choses qui ont été jadis très bien dites. Les arguments qui paraîtront vivants à tel homme cultivé de cette heure, à tel « intellectuel », comme on disait hier, et par exemple à l'auteur, rejoindront sans doute plus aisément ses contemporains et ses semblables que ne feraient les raisons, pourtant bien plus puissantes et plus puissamment déduites, des docteurs de jadis. Ce n'est donc pas qu'on méconnaisse ceux-ci ; on voudrait leur assurer l'empire de l'avenir en leur ménageant des intelligences préliminaires avec le présent, par une méthode actuelle et déjà vérifiée pourtant, puisque j'atteste, pour l'avoir personnellement éprouvée, son efficacité.

Or, c'est principalement, tout ce qui précède le laisse assez entendre, de Religion qu'il sera traité dans ces *Lettres*.

Mais la Religion commande toute l'activité individuelle et sociale.

C'est sur la vie entière, évoluant autour de ce soleil, que nous voudrions projeter le rayon de la Foi.

Et daigne Dieu nous garder de l'erreur !

Mon cher LOUIS LE CARDONNEL.

Ton nom de prêtre et de poète, et de mien ami très ancien, ici s'impose. C'est bien à toi que je dois dédier la première de ces Lettres *où je veux, parlant à quelqu'un devant tous, dire, essayer de dire ma plus essentielle pensée. L'ami me sera indulgent ; le poète suppléera tout ce que j'ai dû laisser dans le blanc du papier ; le prêtre fortifiera de son autorité les raisons qui me ramènent à Dieu. — Il m'est doux de te rencontrer dès le seuil de sa maison. Mes mains dans les tiennes, je me réchauffe et me redore l'âme au souvenir du cher passé ; je retrouve dans ma mémoire l'écho des répliques ardentes qu'échangeaient nos espoirs dans ces jours vibrants de jeunesse, quand nous étions ces « aèdes fous » dont parlent tes vers, tes vers fidèles. Déjà nous cherchions à réunir dans un même embrassement la vérité et la beauté. Tu as réalisé ton rêve hors du siècle, et la Sagesse immaculée préside à tes travaux. Pour moi, j'ai longtemps erré, j'errais naguère encore.*

Et voici que le soir arrive et que le jour est sur son déclin.

Il est prodigieux qu'en dépit d'un très long entêtement au mensonge l'homme conserve la faculté de *consentir* à la Vérité *quand il voudra* !

Je témoigne de ce prodige.

Les preuves auxquelles, un jour, enfin, j'ai cédé, je savais depuis longtemps qu'elles étaient là, sur le seuil de mon âme, prêtes à répondre au premier appel : pourquoi les ai-je fait si longtemps attendre ? Et comment se peut-il, quand il m'a plu de leur donner audience, qu'elles soient aussitôt venues à moi, dans l'éblouissement de leur irréfutable beauté ? — à moi qui n'étais plus digne de les connaître et de les comprendre ?

Mais la perversité — ou la lâcheté de l'homme est plus merveilleuse encore que la complaisance de Dieu. Quand j'eus daigné entendre les divines Suppliantes, il me fallut bien proclamer que leur cause était juste et sainte. J'inclinai donc devant elles mon esprit, qu'elles venaient d'illuminer. — Mon cœur se refusa, remit du moins à plus tard, à une date indéterminée, le geste décisif que la logique me commandait de faire tout de suite.

Et ce furent de très longs mois d'hésitation douloureuse. Je voyais dans toute son horreur la monstruosité de ce partage, et je me promettais chaque jour qu'il serait fini « demain »... Les jours passaient. Et je continuais à penser en chrétien, à vivre en athée, sans renoncer pourtant à l'espoir de mettre, « bientôt », ma vie en harmonie avec ma pensée.

Il est clair que ma volonté était malade. Ce mal avait certainement sa cause dans la longue résistance de mon esprit à la vérité.

Ce n'est pas dans son esprit que le menteur est d'abord puni de ses fautes. A quoi que ce soit qu'il s'applique, au bien, au mal, l'esprit, pourvu qu'il ne cesse jamais de travailler, gagne toujours en force et en élasticité. De la fausse direction qu'il donne sciemment à ses efforts ce qui souffre, dans l'homme, c'est le cœur et c'est la volonté. Tandis que l'esprit grandit, le cœur perd l'énergie d'aimer, de se dévouer, s'initie à toutes les souillures, et la volonté se déconcerte et se détend.

Mon cœur était la victime de mon esprit. Maintenant que mon esprit, affranchi de l'erreur, revenait au vrai avec l'agilité dont il restait doué grâce à une activité constante, mon cœur, incapable de le suivre, seul, inerte, lourd, s'entêtait aux pratiques perverses que naguère mon esprit lui permettait, qu'il lui interdisait désormais, vainement.

J'ai essayé de décrire ce cruel état dans *Il est Ressuscité !* conte philosophique, où les uns ont vu un blasphème et les autres un acte de foi. C'est un acte de foi, mais c'est l'acte d'une foi impuissante à se dégager de l'abstraction pour surgir à la réalité. Le principal personnage humain du conte, le journaliste Narda, méditant sur la doctrine de Jésus, conclut : « Nous ne pouvons pas... non, nous ne voulons pas pouvoir lui obéir. » Le mot même du damné de Baudelaire, à l'ange qui lui dit : « Sache qu'il faut aimer », répondant : « Je ne veux pas. »

Ai-je besoin d'ajouter que, dans cette situation abominable, je me faisais honte à moi-même, secrètement, et horreur, et peur ? Mais oui, précisément, j'ai besoin de faire ces aveux, précisément ceux-là, de la honte cachée, de la *peur*, entends-tu, mon cher ami ? de la PEUR que j'avais de moi-même et qu'à personne au monde je n'aurais, alors, voulu laisser soupçonner. J'avais parfois l'impression que mon cœur était mort. Il n'était pas vivant, en effet, il n'était pas du monde des vivants, car « Ce qui est, c'est croire », et pour que l'homme soit et vive tout entier, il faut qu'il aspire et respire la vie, la foi, de toutes ses forces, de tous les éléments qui le composent. Il importe moins de savoir que d'aimer. Même par l'esprit, nous aimons la vérité plus que nous ne l'entendons ; mais même notre chair participe à cet amour spirituel !

La joie de comprendre se confond avec la vertu d'aimer...

Cependant, la certitude de croire s'établissait chaque jour plus fortement en moi, chaque jour apportant à cette certitude de nouveaux motifs. Et déjà je ne pouvais me tenir de l'affirmer dans tout ce que j'écrivais, au grand scandale de plusieurs. Ceci était évident à mes yeux, qu'on ne peut être homme qu'à la condition d'être chrétien. Et moi qui n'étais pas encore réellement chrétien, puisque je n'avais pas encore abandonné toute ma vie au gouvernement de la vérité catholique, puisque je vivais à la façon d'un protestant qui compte sur la foi, sur une foi purement spéculative, sans se croire astreint aux œuvres, — que j'étais sévère, en moi, pour ceux qui refusaient de voir la vérité ! — en moi, c'est-à-dire dans cet esprit que la vérité brûlait plutôt qu'elle ne l'éclairait, et dans ce cœur plein de ténèbres. Que mes fautes me paraissaient hideuses, commises par les autres ! Je ne pouvais leur pardonner mon propre crime, le crime de la résistance à Dieu, mon crime de naguère.

Mais peu à peu mon crime présent aussi me devint intolérable, et non plus chez les autres, — ce crime de démentir ma vie intérieure par mes actes. Les raisons de croire, qui d'abord avaient subjugué mon esprit, en se multipliant le submergeaient. Y a-t-il une pensée qui n'ait sa correspondance harmonique et nécessaire dans un sentiment ? Mon esprit se déversait dans mon cœur. Quand je m'aperçus du phénomène il était accompli déjà plus qu'à demi. Peu à peu, par la méditation assidue de la vérité, j'avais réparé le mal que je m'étais fait pendant si longtemps par le consentement à l'erreur.

Et soudain *la réalité de Jésus* m'apparaissait.

Il n'y avait plus rien là d'abstrait et de spéculatif, il y avait une Personne vivante, à la fois infinie et accessible, dont l'aide m'était moralement et matériellement nécessaire : car j'avais besoin d'elle pour penser avec droiture et pour vivre avec pureté. Et je ne m'étonnais plus d'avoir été jusqu'alors si misérable : puisque j'avais méconnu ou ignoré ou négligé la Force. Mais voilà que je croyais en elle de tout mon être et qu'enfin, donc, je commençais à vivre dans l'unité.

Et tout cela s'était produit très simplement, sans bruit, comme une chose convenue d'avance entre d'autres et de plus grands que moi. Ce qu'ils avaient décidé à mon endroit sans me consulter s'était réalisé, parce qu'il n'en pouvait être autrement, et je n'avais qu'à constater le fait, à suivre l'impulsion qui m'était donnée d'en haut, à correspondre de toute ma réalité à celle de Dieu, en m'adressant au médiateur, au prêtre de Jésus-Christ.

Dès que ma résolution fut prise, il se fit en moi un silence extraordinaire. Involontairement, je le comparais à ce vertigineux silence de la terre quand, sous un ciel orageux d'été, elle attend, elle espère la pluie bienfaisante et se recueille pour bien entendre la terrible annonciatrice du don céleste, la foudre. Mais le don me fut fait sans menaces, sans conditions, sans formalités. Dans le chemin où j'entrais, j'étais attendu. C'était comme si j'eusse réintégré ma maison. On l'avait bien gardée, en mon absence...

Mon cher Ami, un autre jour, à un autre que toi, je dirai plus longuement cette grande heure de ma vie, cette grande heure si miraculeusement simple, — oui, une heure de la vie, de la vie vraie ; ce sont toutes les autres heures de ma vie jusqu'à celle-là qui étaient étranges, c'est-à-dire factices. Cette heure-là, surnaturelle, était dans l'ordre, — je puis dire dans l'ordre de ma destinée telle qu'au principe elle s'était annoncée et eût dû se poursuivre. A ce point que j'ai cru reconnaître dans le prêtre de Jésus-Christ, dans le médiateur très doux et très ferme, chargé pour moi du message de pardon, un parent, ou quelqu'un de mes premiers maîtres, ou quelque ami ancien, quitté quand il portait encore la livrée commune, retrouvé sans étonnement sous l'habit sacré... Oui, à un autre que toi, à quelqu'un de très cher aussi, mais à qui ces choses de la Logique Divine soient moins familières, — afin qu'en les lui disant j'aie l'occasion de rejoindre un grand nombre d'esprits, — à un autre je conterai, dans le détail, cette bonne aventure.

A toi je veux communiquer quelques-unes des raisons qui se pressaient dans ma pensée et, de tout le poids de ma pensée conquise, pesaient sur ma volonté encore rebelle ; non pas toutes les raisons, deux ou trois seulement ; et non pas pour t'instruire, cher ami, puisque ce serait à toi de m'enseigner, mais pour te prendre à témoin que je dis *cela* au monde. Il est, du reste, bien certain que, ces Raisons de mon Retour, j'y reviendrai sans cesse dans les suivantes Lettres, que je reviendrai même aux arguments précisés ou sous-entendus dans celle-ci : il est bon que dans la Première, dans l'ouverture, on trouve les principaux motifs, indiqués, — motifs : arguments et thèmes dont les développements suivront.

...Je n'hésite pas, je prends seulement le temps de sourire...

A me ressouvenir de l'accueil qu'on fit à mes premières déclarations sur ce sujet de la religion, je devrais, au moment où j'entreprends de leur donner une suite qui les aggrave, trembler. Ah, tout ce que me valut d'ironies et d'injures, que mes censeurs croyaient déchirantes et sanglantes, cet article issu d'une conversation entre M. Jean Lefranc et moi, par lequel les lecteurs du *Temps* connurent ma décision, motivée, de revenir au Catholicisme ! Je n'en garde rancune à pas un, et j'aurais mauvaise grâce à m'en plaindre, car ils obéissaient tous, visiblement, au désir de me servir. Ils allaient, dans leur fièvre altruiste, jusqu'à me faire la leçon sur ce qu'ils ignoraient eux-mêmes, celui-ci sur l'histoire et celui-là sur la théologie. J'aurais eu grand profit à les lire s'ils avaient su ce dont ils parlaient. Ils l'ignoraient, hélas ! mais si pleinement, si allègrement, qu'il fallait bien voir dans leurs erreurs la preuve de leur candeur. D'autres me renvoyaient à la critique littéraire : Parlez-nous de Verlaine... ; à la critique d'art : Parlez-nous de Gauguin. Ils ne me permettaient pas de « sortir de *là* ». Qu'arriverait-il, en effet, et surtout que deviendraient les journalistes, si chacun ne se cantonnait pas, sagement, dans sa spécialité ? Par malheur, je ne suis point du tout un critique professionnel et ma spécialité n'est pas « *là* ». Je ne crois même point du tout à la critique professionnelle, je crois seulement à la critique de poète, la seule que j'aie, quant à moi, tenté de faire. Mais soyons justes. Il est entendu que les journalistes ne se trompent jamais ; on les trompe quelquefois, c'est autre chose et tout le dommage est pour les trompeurs, comme il convient. Que n'ai-je, par exemple, à vingt ans, publié une quelconque plaquette de vers ? Un journaliste me demandait :

« Quand donc aurons-nous votre premier recueil ? » Je répondis : « Réflexion faite, je commencerai par le second. » Irrégulier, j'expose les gens aux pires méprises ; m'étonnerai-je s'ils les commettent ?

Et puis, poète ou critique, d'où me vient cette audace de méconnaître les genres et les catégories ? De quel droit me mêler de faire le signe de la croix et de dire quel est le sens, à mes yeux, de ce signe ?

Dans quel étrange état d'artifice ou de malice une parole vraie surprend la plupart des gens ! C'est de cela, mon cher ami, qu'il faut sourire — qu'il vaut mieux sourire.

Pauvres gens que les gens !

Aux paroles vraies ils sont sourds, presque tous. Mais, par un fâcheux miracle, sans rien entendre, ils s'aperçoivent qu'on leur parle, et cela les irrite, et ils ont la fureur bavarde, et leur bavardage emprunte tous les tons, de l'outrage ignoble — jailli de si bas qu'il faudrait se baisser plus qu'on ne saurait faire pour s'en laisser atteindre — à l'épigramme réticente que M. Anatole France a mise à la mode chez les Pingouins dont il est admiré.

Rage et persiflage. Oui. Je sais ce qui m'attend.

Il ne m'est pas permis de servir la cause de Dieu en secret. Je dois m'employer pour sa gloire, selon le mode d'activité qui m'est prescrit par ma nature. Puisque ma fonction est de parler, je n'ai pas le droit de taire les raisons auxquelles j'ai cédé. Irrésistibles sur mon âme, elles auront peut-être sur d'autres âmes la même puissance. J'ai besoin de répandre la lumière qui est en moi, — ou plutôt, cette lumière a besoin de se propager. Se propager, c'est la raison d'être, c'est l'être même de la vérité, de la lumière et de la vie. Elles ne *sont* que pour grandir et se multiplier.

LUX VERA QUÆ ILLUMINAT OMNEM HOMINEM VENIENTEM IN HUNC MUNDUM.

Je me trompais, tout à l'heure : tout homme est capable de voir cette lumière, — d'entendre ce verbe. Gardons-nous de juger du monde d'après le cercle étroit des esprits découronnés, désenchantés, aigris, qui tiennent une partie de la presse. Ils ne signifient pas le pays, ni le moment. Ils sont exceptionnels dans tous les temps ; dans le nôtre, ils sont les derniers survivants d'une espèce condamnée.

Car je vois partout réapparaître, à notre heure, l'homme vrai, pour qui sont dites les paroles vraies, et qui cherche la vraie lumière.

Un voyageur s'éveille dans la nuit, au bord d'un précipice. Au prix de longs efforts, en risquant à chaque geste la chute mortelle, il parvient à allumer une petite lampe et, se dressant à demi, tâtonnant et regardant, il se rend exactement compte du danger : ici le précipice, là le mur abrupt de la montagne ; entre les deux le sentier est si étroit, si glissant, que l'homme a grand peine à se relever. Mais plus loin le sentier quitte le bord de l'abîme et serpente, en s'élargissant, vers un bois dont la haute masse immobile promet une pleine sécurité. — L'homme sauvé jette un cri de joie et déjà se hâte vers l'abri sûr. Tout à coup, il s'arrête. Il se souvient : il pense aux autres voyageurs égarés comme lui dans la montagne, et qui ne possèdent pas, comme lui, la petite lampe précieuse. Ils sont plusieurs, derrière, dans ce même étroit sentier, muets de peur, les doigts crispés au mur du roc ; et ainsi suspendus sur le gouffre, ils soupirent vers le jour et désespèrent de le voir. — Celui qui tient la lampe la lève bien haut, et la lumière du salut se multiplie par tous les yeux dardés vers elle du fond de la nuit.

§ I

L'apologétique démontre que la Révélation est historiquement vraie.

Même si l'argumentation des apologistes laissait persister dans nos esprits le moindre doute, leur conclusion resterait certaine, — et nous pourrions seulement ou les accuser d'inintelligence ou nous accuser d'incompréhension, — car nous trouvons dans notre esprit et dans notre cœur la trace et la preuve de la Révélation, sans laquelle d'ailleurs, nous n'aurions de suffisantes clartés ni sur nos fins ni sur la distinction du bien et du mal, et nous ne pourrions, littéralement, vivre.

§ 1. — Il nous est impossible de trouver par nos lumières naturelles la solution du problème que nous avons le plus vital et le plus pressant intérêt à résoudre : le problème de notre destinée.

Il faut donc que cette solution nous soit révélée.

As-tu jamais pu songer, mon cher ami, sans une véritable épouvante, au nombre des systèmes inventés par les hommes pour expliquer la vie, ses origines et ses fins, le monde, la matière, l'esprit, le mouvement?... Rien que pour lire la moitié des livres où les philosophes ont consigné le résultat de leurs méditations, il faudrait plusieurs réitérations d'une longue vie. Il est vrai que ces sages, en se traitant les uns les autres de fous, comme ils font libéralement, nous induisent en la tentation d'hésiter au seuil de leurs bibliothèques. — Quoi, pourtant, de plus noble que ce perpétuel effort, si décevant qu'il soit, en définitive ? Que signifie-t-il, sinon la passion de connaître, la faim de croire, qui ne dort jamais dans l'esprit de l'homme, qui est la définition même de l'homme ? Tout ce qui l'entoure le questionne, et il ne veut point se donner de repos qu'il n'ait répondu à toutes ces questions innombrables, cherchant, affirmant, niant, se démentant, sans convenir du caractère fatalement précaire de ses conclusions, et n'hésitant jamais à les offrir aux générations futures comme un fondement stable, inébranlable, de la vie individuelle et de celle des nations.

Hélas ! ces trésors de génie, d'énergie et de science n'ont-ils pas été dépensés en pure perte ? Toutes ces constructions laborieuses, orgueilleuses ! Qu'en reste-t-il ? D'hier, ruinées ; d'aujourd'hui, ruineuses. Débris qui seront des cendres — vénérables, ah ! combien plus pitoyables encore ! Et l'humanité ne se lasse pas de verser des cendres nouvelles sur ces pyramides de cendres. — Pour qui donc écrit-elle l'histoire de sa pensée ? Pour les habitants de Mars ou de Sirius, on peut croire, comme l'histoire de ses exploits et de ses crimes : personnellement, elle profite si peu de sa propre expérience ! On l'admire avec douleur dans son acharnement à la recherche superbe et stérile. Et chaque fois qu'elle interrompt ses travaux pour conclure, pour jurer qu'elle vient de découvrir la vérité toute, celle dont les maîtres de naguère ne se doutaient pas, on calcule en frémissant combien de temps pourra durer l'illusion.

Illusion, dis-je ; non pas mensonge. Les doctrines des philosophes constituent les synthèses des connaissances scientifiques de leur instant et sont vraies d'une vérité actuelle, en harmonie avec la quantité et la qualité de ces connaissances. Celles-ci augmentent, l'intérêt principal des recherches se déplace, leur nature et leur direction changent, appelant l'effort commun tantôt dans le domaine physique, tantôt dans le domaine historique, etc., et suscitant de nouvelles synthèses, de nouvelles doctrines, que de nouvelles découvertes infirmeront demain.

Les philosophes, toutefois, finirent par entendre la leçon de modestie que leur donnait, si rudement, ce périodique et fatal retour de la Déception. Ils crurent que tout le tort du passé était d'avoir rêvé la conquête de l'universel et de l'absolu ; ils inventèrent la catégorie de l'Inconnaissable et ils y classèrent les problèmes dont les données dépassent le domaine de l'expérience.

Mais, ainsi réduite et déchue, la philosophie n'avait plus rien de commun avec la grande ambitieuse que le monde connaissait sous ce nom. Elle prétendait encore au gouvernement des sciences exactes et naturelles, qui se fussent aussi bien gouvernées elles-mêmes, mais elle ne pouvait plus se promettre aucune influence sur la pensée et sur l'action générales. — Aussi, de nouveaux philosophes ne tardèrent-ils pas à rompre la borne positiviste, à revendiquer le vieux rêve de l'empire universel — ce rêve des philosophes et des conquérants, également irréalisable dans la sphère de la pensée et dans la sphère de l'action, mais qui seul, après tout ! mérite d'être rêvé, encore qu'il achemine fatalement le rêveur à l'irrémédiable défaite.

Car, aujourd'hui comme hier, l'unique problème qui réellement nous intéresse (mais tous les autres y confluent), le problème de la destinée humaine, reste hors de nos prises, si nous essayons de l'atteindre avec les purs et seuls moyens humains, — et c'est toujours là que viendront échouer les plus beaux génies.

Au-delà de la nature et de la science, au-delà du vaste cercle des choses qui nous questionnent, desquelles plusieurs déjà ne sont pas tangibles, — là-bas, dans les fonds les plus reculés du tableau de l'existence, se tiennent de grandes formes mystérieuses. Nous sentons leur regard sur nous. Nous voyons parfois luire dans l'ombre leur geste qui appelle notre attention. Nous entendons qu'elles nous parlent. — Elles ne discutent pas ; elles affirment. Elles n'enseignent même pas ; elles révèlent. — Personne jamais ne les a vues venir. Elles ont toujours été là : partout. — Des savants ont pensé que c'étaient des fantômes et qu'il suffirait du souffle de la critique pour les dissiper ; mais la critique s'y est vainement époumonnée : les formes éternelles, un instant obscurcies par les vapeurs de son souffle, ont repris toute leur immémoriale splendeur, aussitôt que s'est dissipé le nuage ; et il n'y a et il n'y aura pas d'analyse si corrosive qu'elle puisse entamer « la roche solide de ce granit primordial, indestructible, de l'âme humaine, — la foi religieuse » (1). — Partout où il y a des hommes il y a un Dieu, soit l'unique et le vrai, soit son reflet en de multiples images qui l'attestent jusque dans les démentis que souvent leur dérisoire ignominie lui donne, et il y a une religion, c'est-à-dire l'adoration réfléchie et collective de ce Dieu.

Ce Dieu laisse les hommes argumenter avec les choses qui les questionnent — (« il a livré le monde aux discussions des hommes ») — et leur faire des réponses provisoires, et parfois, désespérant de jamais les réduire au silence, les interroger à leur tour ; mais la nature s'obstine à questionner et refuse de répondre : ce n'est pas à Œdipe qu'il appartient d'interroger le Sphinx. Ce Dieu non plus ne se tait pas : il affirme, il révèle, ré-

(1) MAX MÜLLER, préface des *Essais sur l'Histoire des Religions*.

pondant à toutes les questions auxquelles la science se dérobe. Et si les paroles de bien des dieux sont incohérentes et d'âge en âge se contredisent, il en est Un dont la révélation n'a varié que pour suivre un développement harmonieux, annoncé, de toute éternité prévu. Cette révélation, formulée en un certain lieu, a des échos par toute la terre, et les faux dieux, que presse un commandement secret, interrompent parfois leurs vains balbutiements pour propager parmi leurs adorateurs la révélation de la vérité.

Cette révélation est, par sa nature, étrangère, sinon contraire à l'esprit humain. Elle le dépasse. S'il peut connaître dans quelles conditions elle lui est faite, apprécier les motifs de crédibilité qui la lui recommandent, se convaincre de la véracité de ceux qui l'adjurent de s'incliner devant elle, en soi et par sa nature elle lui échappe. Il ne peut (il ne peut encore et par les seules forces de sa raison) comprendre ni la nature de Celui qui lui a fait cette révélation, ni les moyens par lesquels cette révélation lui a été faite. Le problème de notre destinée, au regard de notre raison, est un mystère naturel ; l'explication divine de ce problème est un mystère surnaturel.

Mais ce que dès à présent l'homme ne peut refuser de comprendre, d'accepter, d'approuver, c'est le fait même de la révélation, sa convenance, sa bienfaisance, sa nécessité logique.

Si la science est impuissante à lever le rideau d'ombre qui couvre les origines et les fins, et si nous ne pouvons nous résigner à rester dans l'ignorance, il est bon et nécessaire, il est logique, il est *naturel* que la vérité nous soit communiquée *surnaturellement*. Sans quoi le monde serait pour nous une énigme affolante, la vie, une torture. Nous serions obligés de conclure, de nos facultés sans objet, sans but, exaspérées et paralysées par le désir et par l'impossibilité de savoir, au désordre universel. Or, la nature ne nous permet pas de croire au désordre. « Un arbre pousse par syllogisme », a dit Hégel — mot admirable, que notre Villiers de l'Isle-Adam citait volontiers — et partout dans la nature nous sentons l'enchaînement des effets à leur cause, l'appropriation des forces à leur emploi. Il y a un but à l'activité de l'univers, et, si nous ne pouvons dire *quel est* ce but, nous ne pouvons pas davantage ignorer *qu'il est.*

Qu'on ne nous répète donc pas cette parole affreuse, la pire de toutes — c'est Renan qui l'a dite — : « La vérité est peut-être triste. » La vérité ne serait « triste » que si elle violait les lois de la logique qui gouverne notre esprit, et qui, par le fait même qu'elle gouverne notre esprit, doit gouverner le monde tout entier. Il n'y a pas et il ne peut pas y avoir d'autre « tristesse » que celle-là : le désordre. Quand on me montrera dans la nature des conséquences qui renient leur principe, je croirai au désordre et à la tristesse.

On m'objecte : La révélation ne viole-t-elle pas cette logique universelle que vous invoquez !

— Non pas ! La révélation émane d'une puissance supérieure à la nôtre infiniment, mais à l'image et ressemblance de laquelle nous avons été formés. Elle ne nous demande donc pas le sacrifice de notre dignité spirituelle, le renoncement à la condition fondamentale de notre pensée, à la logique. Le révélateur, loin de la condamner, procède lui-même de la logique, de *notre* logique, en nous disant :

— Puisque tu n'as pu de toi-même découvrir la vérité à laquelle tu aspires de toutes les énergies de ton désir et de ton génie, c'est donc que tu es, par toi-même, incapable, DANS TON ÉTAT PRÉSENT, de la comprendre. Aussi te restera-t-elle mystérieuse même après la révélation que je t'en fais.

Ce mystère, qui dépasse notre logique, ne la blesse pas. Il est rationnel que le surnaturel intervienne au moment où défaillent nos raisonnements, s'il n'est pas vrai que « le ciel nous laissa comme un monde avorté. ». Et il est rationnel que nous consentions à suspendre l'usage de notre raison, quand nous savons que nous avons affaire à l'Incompréhensible, hors de quoi nous ne connaissons aucun recours contre cette ignorance où nous n'acceptons pas de vivre (1).

Le raisonnement qui conclut de la nécessité de la révélation à sa réalité ne comporte-t-il pas un peu plus qu'une pure certitude métaphysique ? Qu'en dis-tu, mon cher ami ? N'y a-t-il pas là autre chose qu'une évidence *a priori* ?

— Mais pourquoi les forces de notre raison défaillent-elles si vite ? Pourquoi la connaissance des causes et des fins lui est-elle interdite ?

— Cette question se confond avec celles-ci : Pourquoi ne sommes-nous pas, dès tou-

(1) On sentira partout, dans ces pages, l'influence, la présence de Pascal. Il ne faut pas qu'on m'en fasse grief. Je ne suis pas le seul pour qui Pascal reste le principal « intercesseur » — s'il m'est permis d'emprunter à Maurice Barrès cette heureuse expression. La Pensée de Pascal est plus que jamais actuelle.

jours, en paisible et pleine possession de l'absolue perfection et de l'absolu bonheur ? pourquoi l'espace et le temps ? pourquoi la douleur ? pourquoi la faute ? pourquoi la vie ? — Car il est probable que, si nous pouvions connaître par nos lumières naturelles la vérité, nous connaîtrions du même coup le moyen d'en jouir, et ce que nous dénommons l'univers humain, avec la variété de ses apparences, les accidents de sa nature, les inégalités de ses forces, etc., n'aurait pas lieu. Nous ne pouvons guère concevoir qu'à la faveur de cette ignorance des causes et des fins l'univers humain tel qu'il est.

— Mais pourquoi cet univers est-il tel ? Pourquoi notre raison n'a-t-elle que juste assez de force pour se démontrer à elle-même son impuissance ?

Ici, l'homme « naturel » ne peut répondre que :

— Je ne sais.

L'homme éclairé par la révélation répond :

— Péché originel.

La révélation n'est pas seulement dans l'Evangile et dans l'Eglise. L'Evangile et l'Eglise sont ses œuvres essentielles et suprêmes. Mais elle se manifesta dès le commencement. Il y a une révélation primitive qui prépare celle de l'Evangile sans se confondre avec elle, et qui, seule, peut nous rendre compte de ces fragments épars de la vérité éternelle dont le temps est jonché, ces rayons brisés de lumière qui étincellent dans la nuit de la terre. Cette révélation se manifeste dans les vers d'Hésiode et d'Homère, dans les inscriptions cunéiformes de Babylone et de Ninive, dans les hymnes du Rig-Véda, dans le Zend-Avesta, dans les livres canoniques du bouddhisme, et dans tous les monuments de la civilisation antique, et dans toutes les religions antiques, du moins à leur origine.

C'est que la Vie vient de la Vérité ; la vie jeune était trop voisine encore de la vérité pour l'avoir oubliée déjà, — trop éblouie encore de la lumière du Jardin Perdu. — De quoi, en effet, pouvaient parler Adam et Eve avec les anges, avec Dieu même, si ce n'est de la vérité ? Car ils étaient exempts d'ignorance. Ces entretiens sacrés, dont nous ne saurions nous former l'idée qu'avec une admiration consternée de regret, d'abord, puis ravivée d'espérance, — puisqu'ils nous suggèrent une image, affaiblie, du bonheur futur, — n'ont-ils pas laissé, dans la mémoire de l'homme déchu et châtié, de scintillantes réminiscences ? N'est-ce pas d'eux qu'il se souvenait quand il peignait la bonté et la beauté de la terre première, les délices de l'Age d'Or ? Ainsi l'éblouissement de l'ancienne aurore le préparait à comprendre la splendeur de l'aurore nouvelle, et c'est poussé par le terrible flamboiement de l'épée de l'ange qu'il venait au-devant de Jésus-Christ.

Il y eut une révélation primitive, dont témoignent les monuments et les mythes. Il y eut des révélations personnelles, par lesquelles furent, en quelque sorte, recréés à nouveau l'entendement et le cœur de certains hommes choisis pour conserver vivantes, parmi les peuples accablés sous le poids de la faute héritée, les notions de vérité, de justice et d'amour ; — et peut-être l'inspiration des poètes participa-t-elle, quelquefois, de cette illumination directe. — La révélation primitive et les révélations personnelles constituent ce christianisme d'avant le Christ dont parle saint Augustin, ce règne du Christ latent qui commença dès le premier jour de l'humanité (« nec defuit ab initio generis humani »).

Et il y eut le règne du Christ apparent, la révélation de la vie éternelle et du royaume de Dieu, l'Evangile de pardon et d'amour, — JÉSUS-CHRIST, « l'objet de tout et le centre où tout tend (1) : » le Sauveur.

(1) Pascal.

LE SAUVEUR. — Ce mot explique tout. Jésus rétablit dans sa dignité l'homme, qui l'avait perdue par le péché, en substituant la révélation évangélique à la science innée d'Adam. Mais les mystères de la révélation demeurent extérieurs à l'homme jusqu'à ce qu'il ait *mérité* de les comprendre, c'est-à-dire de participer à la vie éternelle.

§ 2. — La Révélation nous est nécessaire, non seulement pour nous faire connaître et heureusement accomplir notre destinée individuelle dans le monde visible et dans l'autre, mais encore pour nous permettre de vivre dignement la partie de cette destinée bornée à ce monde : en d'autres termes, il faut que le principe de l'obligation morale nous soit révélé.

Un phénomène considérable de notre instant, je veux dire de notre instant à nous, cher ami, de notre jeunesse, ce fut la diffusion du sentiment religieux par les soins désintéressés et passionnés d'athées éminents et résolus. Ils refusaient de prendre plus longtemps au sérieux la révélation et le dogme, choses surannées et d'un intérêt purement pathologique, mais « le roman de l'infini » les enchantait toujours. Avec quel charme ils nous contaient ce roman ! Quel étrange alliage de la rigueur scientifique et de la passion mystique ! Qu'ils avaient l'imagination pieuse, ces professeurs d'incrédulité !

Ce qui surtout m'étonne, à la distance maintenant de tant d'années, dans les doctrines qu'on nous prêchait alors, c'est la merveilleuse survivance, sous une forme nouvelle, du privilège aristocratique. Car il était, dès leur apparition, trop clair que ces systèmes scientifico-philosophiques, élaborés dans les bibliothèques, devaient à jamais rester incommunicables à la foule. Ces gourmandises érudites se dégustaient entre délicats. La robe, il est vrai, qu'il fallait revêtir pour être admis à ce banquet de la critique historique n'avait rien de fastueux, on pouvait la louer au magasin d'accessoires du

Collège de France ; mais la défroque n'y est pas abondante. Le roman de l'infini devenait donc l'exclusif apanage d'une élite très restreinte; pour l'immense majorité des hommes, ils n'avaient qu'à grincer des dents et à gémir dans les ténèbres extérieures. Tous ces « petits » étaient condamnés à ne pas connaître la vérité, parce qu'elle était devenue trop compliquée pour qu'ils pussent la comprendre...

Y eut-il jamais dans notre Ancien Régime, et dans quelque Régime que ce soit, privilège plus monstrueusement abusif que celui-là : le privilège de l'infini !

Le plus curieux, c'est que les privilégiés protestaient de leur respect pour la dignité humaine. Au nom de cette dignité, ils déclaraient périmé le temps où l'on se chuchotait, entre initiés, que la religion fût bonne pour les femmes et pour le peuple, pour les « petits » : elle était mauvaise pour tous, et personne n'avait le droit d'abdiquer son indépendance. — Sur cette question même, toutefois, du libre arbitre, on discutait, ou plutôt on ne discutait même plus, les privilégiés s'étant, à l'unanimité, prononcés en faveur du déterminisme ; en sorte qu'il est difficile de préciser ce qu'ils entendaient au juste par indépendance et par dignité. C'est, du reste, l'instant qu'on choisit, sur leur conseil, pour donner au peuple le suffrage universel, au lieu du bât et du foin que lui destinait Voltaire, — Voltaire, pourtant, le maître ignorant de tous ces doctes.

Oui, le bon sens manquait chez les hommes qui furent les guides de notre génération. Ils avaient de l'adresse, de la politique, du savoir-faire, de la ruse. Mais ces grands raisonneurs n'étaient pas raisonnables et, quoique très « honnêtes gens » et tout à fait incapables de léser sciemment autrui dans son honneur ou son bien, ils ont, autant qu'il était en eux, déshonoré et spolié l'homme en le décourageant d'espérer. Ils ont tué bien des âmes...

Et par quelle absurde gageure exigent-ils

un quotidien héroïsme de l'homme auquel ils viennent d'arracher l'appui divin ? Quoi ! ce que la perspective des récompenses et des peines sans fin ne me persuadait pas de faire, vous pensez, dirai-je à ces philosophes, l'obtenir de moi par ces simples paroles : « Veux (1) et agis conformément à ta propre nature, à ta nature supérieure ! » Ce n'est ni pratique ni philosophique.

Pratiquement, ce que je demande, c'est précisément la force de conformer ma volonté et ma conduite aux prescriptions de ma « nature supérieure », si celle-ci se confond avec l'idéal de moralité que vingt siècles de christianisme ont imposé au monde moderne.

(Car — pour l'observer en passant — il est

(1) « Veuille » serait préférable... Je prends ces mots dans un *Précis de Philosophie* écrit par un professeur de l'Université. Ce professeur constate « l'insuffisance des doctrines proposées jusqu'à présent » pour établir le fondement de l'obligation morale, et déclare qu'il a « trouvé le véritable impératif auquel nous devons conformer notre volonté et notre conduite ». Il se trompe, il y a une doctrine suffisante, une seule, et ce n'est pas la sienne.

tout de même remarquable que la plupart des philosophes anti-chrétiens rendent hommage, en fait, à la morale évangélique, quoiqu'elle soit évangélique et parce qu'elle leur semble parfaite. Ils ne conviennent pas, nous savons, que le mérite en appartienne à l'Evangile exclusivement ; ils citent, hors du christianisme, des *saints* — chez lesquels nous nous empresserons de reconnaître et d'honorer l'inspiration directe, personnelle, exceptionnelle, non pas l'effort raisonné de la « nature supérieure » ; il y a déjà chez ces âmes prédestinées le rayonnement de l'Evangile futur ; elles sont pour leur époque des objets d'étonnement et presque de scandale, oui, même pour les plus subtils esprits de leur époque : on sait le dépit d'Alcibiade dédaigné par Socrate... Ces âmes hautes sont comme ces montagnes dont la cime se colore déjà aux feux du soleil levant, tandis que la vallée dort encore à leur pied dans la nuit. La perfection nous étonne, aujourd'hui, par sa grandeur, non plus par son anomalie.

C'est la différence essentielle, au point de vue moral, entre le monde antique et notre monde. Y aura-t-il quelqu'un, fût-ce un philosophe, pour nier que cette différence ne soit un effet de l'effusion évangélique ?)

Mais il serait imprudent de trop attendre de nous, de quelque plus-value morale que l'Evangile nous ait doués — quand on ne nous promet rien en retour de l'effort. L'appel à ma « nature supérieure » ne suffit pas à me donner le courage de lui obéir. Du moins, cet appel fréquemment répété ne sera pas toujours efficient. Du moins, il n'aura pas la même action sur tous les hommes. Jésus aussi demande aux siens d'être parfaits ; mais l'Eglise nous offre les moyens surnaturels d'obéir au commandement surhumain de Jésus (1).

Philosophiquement, est-il assuré que ma « nature supérieure » me prescrive « le re-

(1) Et les conseils évangéliques ne sont pas obligatoires pour tous.

noncement aux satisfactions égoïstes » et « la subordination des intérêts personnels aux intérêts de tous ? » Qu'est-ce donc, au fond, que cette « nature supérieure » dont on parle comme d'un absolu, connu d'avance et qu'il n'y a qu'à désigner par son nom pour que chacun le reconnaisse ? La *supériorité*, humainement, est relative à la *nature*, laquelle varie avec les milieux, les origines, la santé, l'éducation, le degré de l'intelligence, etc. En commettant les crimes que la société leur reproche, ne se peut-il que maints bandits aient obéi à leur « nature supérieure ? » Si l'état social est injuste, lequel de ces deux partis sera le meilleur : coopérer à l'injustice en la subissant ou tenter de faire sur cette société de personnelles reprises et, du même coup, dénoncer le crime des puissants ? (1) Est-ce que les théories de Kropotkine, d'Eli-

(1) Il y a un autre parti à prendre, et c'est le bon. Je reviendrai là-dessus dans une autre Lettre ; dans la Première je ne pouvais guère qu'effleurer les questions les plus graves : les annoncer plutôt que les traiter.

sée Reclus, de Jean Grave sont inconnues et négligeables ? niaises et méprisables ? Il s'en faut ! Chacun le sait, qu'il y a, là, le plus formidable des dangers pour la société constituée et que, Dieu étant éliminé par elle aussi bien que par son adversaire, elle n'a point de réelle défense — la guillotine n'est pas un rempart très solide — contre l'idéal anarchique ; elle devra, tôt ou tard, composer avec lui. — Mais, dans le domaine précisément dit des mœurs, est-ce que ma « nature supérieure » ne saurait pas trouver d'excellents arguments pour justifier les plus extraordinaires écarts ? Est-ce que le culte de la chair n'a pas eu, périodiquement, en pleine civilisation chrétienne, ses docteurs et, mieux ou pis, ses martyrs ? Est-il équitable d'affirmer qu'ils obéissaient tous aux plus viles suggestions ? Ne pouvaient-ils pas défendre leurs erreurs le plus « philosophiquement » du monde ? Ne s'est-il pas rencontré un Helvétius pour professer que la morale est la science, non pas du bien, mais du plaisir ? De quel droit, dès lors, veut-on que je renonce aux satisfactions égoïstes ? C'est au nom de la morale que je refuserai de sacrifier mon intérêt personnel à l'intérêt général.

Les derniers philosophes auront beau protester que l'erreur des sensualistes est dépassée, périmée, qu'elle n'a plus, qu'elle n'aura plus jamais de défenseurs. D'abord, ils s'arrogent sur l'avenir une autorité chimérique, et, contre leur téméraire assertion, rien, dans une humanité rebelle à la règle religieuse, n'est plus probable qu'un retour de la marée épicurienne (pour employer ce dernier mot dans un sens erroné, mais que l'usage consacre). Qu'est-ce donc, en somme, que l'amoralisme, dont on mena naguère si grand bruit, qu'une variété, et la pire, du sensualisme ? Et puis, ne suffit-il pas que l'erreur sensualiste ait pu se produire et entraîner nombre d'esprits en les séduisant, non point dans leurs sens, dans leurs appétits, mais dans leur raison, dans leur « nature supérieure », pour que je sois fondé à conclure que cette nature est incurablement infirme et toujours capable de tomber dans les plus lamentables méprises ?

On m'annonce une morale scientifique qui m'épargnera toutes les chutes et me permettra de concilier un maximum de bonheur avec un maximum de justice. Mais, s'il n'est pas de ma dignité que je défère à aucune autorité, je rejetterai celle du savant comme il rejette celle des prophètes, et pour la même raison : ses calculs sont aussi invérifiables pour moi, ignorant, que pour lui leurs inspirations ; dans les deux cas il faut jurer sur la parole d'un autre. D'ailleurs, si les prophètes ont pu nous tromper, le savant ne peut-il se tromper lui-même ? Ne le voyons-nous pas souvent changer de doctrine et finir par l'adoration du Dieu que sa jeunesse avait nié ? Et ce n'est pas seulement quand il les abjure que les erreurs du savant tournent à sa confusion : c'est aussi quand nous voyons ces erreurs prendre corps, par voie de conséquence, dans les faits. L'anarchie et l'amoralisme sont, pour une grande part, les produits de la science moderne. Or, il ne faudrait pas une bien longue pratique généralisée de ces deux « doctrines », incompatibles avec toute positive action collective et individuelle, pour paralyser la science, la stériliser et finalement l'anéantir. Si anarchiste elle-même et amoraliste que soit la science — puisqu'elle rejette toute autre autorité que celle de l'évidence et ne se laisse arrêter, devant les plus déconcertantes conclusions, par aucun scrupule — encore faut-il, pour que le savant possède la certitude et la sérénité nécessaires à ses travaux, que les relations entre les forces humaines soient fermement et durablement réglées, que l'honnêteté y préside, que l'intelligence puisse compter sur l'exactitude et la fidélité des mains, que la rue se taise au seuil du laboratoire ; le laboratoire est menacé quand on pille la boulangerie...

Ne soyons pas ingrats envers les maîtres qui ont prétendu nous instruire. Je crois qu'ils ont été de bonne foi. Je les admire dans le poignant désir qui les anima tous de trouver la vérité. Mais convenons qu'ils nous ont déçus. La vérité qu'ils cherchaient était trouvée depuis longtemps et ce qu'il y avait de bon en eux venait d'elle.

Nous défendons contre eux l'humanité tout entière, aussi bien, dans le présent et dans l'avenir, leurs égaux que les petits — ces petits auxquels ils refusaient les éléments d'une vie intérieure. Les petits ont besoin aussi de vivre intérieurement, de VIVRE, et cette vie des simples doit être gouvernée par des principes certains, qui leur soient communs avec les professeurs de philosophie et les hommes d'Etat, et qui les aident, les uns et les autres, à comprendre la nécessité des sacrifices mutuels sans quoi la vie sociale n'est pas possible.

Ils trouveront les premières données de ces principes dans les idées qui sont innées — sur ce point, la vieille doctrine de Descartes et de Leibnitz est la vraie — en tout homme venant dans ce monde et où nous devons reconnaître les préceptes de la religion naturelle. Mais ces sillons de lumière dans le crépuscule de l'âme ne suffisent pas à l'éclairer. La religion naturelle, qui s'y repère, peut conjurer parfois la fourberie et la férocité, toujours prêtes à jaillir du fond de l'homme, depuis le péché originel, mais non pas le contraindre à la pratique raisonnée de la vertu. Quant aux raisonnements et aux systèmes, l'histoire de la philosophie montre comme ils sont fragiles et contradictoires.

Il faut que le principe de l'obligation morale soit RÉVÉLÉ et, par là, placé hors et au-dessus de nos atteintes, égal pour tous, unique, à l'usage des savants et des ignorants, qui, les uns et les autres, le comprendront selon les ressources de leur intelligence, mais tous assez nettement pour qu'il leur soit possible de régler sur lui leur vie entière. Il est divin et les savants n'auront pas à prendre la peine de le modifier, de le reviser pour l'accommoder au progrès des connaissances ; il est immuable et intransgressible. Il est le modèle, le point de départ et l'essence de toutes les lois humaines. Il suppose une notion elle-même immuable de l'homme, de l'homme tel que Dieu l'a créé à son image, notion que l'homme voit clairement dans son âme dès que s'ouvrent les yeux de son intelligence, encore qu'elle se soit, en fait, altérée par suite de la première faute. Il inspire à l'homme le désir principal de restaurer cette notion primitive du type humain, et de la conserver dans son intégrité. Il défend l'homme contre l'esprit de changement, qui procède de l'orgueil et ne peut déterminer que les plus lamentables diminutions, et il lui inspire le ferme propos de la résistance à l'action dévastatrice du temps, le respect de la volonté éternelle du Créateur.

Il est logique absolument que l'observance ou la transgression du Principe entraînent le bonheur ou le malheur de la créature. A peine est-il besoin de prononcer, ici, les mots « récompense » et « châtiment ». On a sagement dit : « Dieu ne damne personne. » Ne pourrait-on pas dire : Dieu ne sauve personne ? Le mal produit le mal, le bien produit le bien. Mais l'âme est, surnaturellement, d'avance éclairée sur les résultats inévitables de son action.

Et ainsi le Principe apparaît armé, terriblement, de ses conséquences. Il suppose la liberté et, par conséquent, la responsabilité, laisse les hommes argumenter indéfiniment sur les limites de cette liberté, de cette responsabilité, et institue dans l'âme vivante une lutte perpétuelle et tragique de sa volonté libre et responsable avec ses instincts.

Il fait un constant appel, en nous, à la sainteté, pour parler chrétiennement, à l'héroïsme, pour parler humainement. Et quels héros que les saints ! Cette lutte, quel drame ! le drame unique !

Je n'ai jamais pu comprendre, mon cher ami, que Nietzsche, pour qui je t'avoue que j'ai une admiration très tendre en dépit des fureurs que sans cesse provoquent en moi ses blasphèmes, ne soit pas chrétien. Comment ce merveilleux génie n'a-t-il pas vu que la volonté dionysienne et la volonté apollinienne se réconcilient en Jésus et sont toutes les deux vraies dans la mesure où elles confluent toutes deux à Lui, qui nous invite à ravir le royaume de Dieu par la violence, mais qui nous dit : « Apprenez de moi que je suis doux et humble de cœur ? » Toute la double vérité de la vie est là, dans ces deux paroles qui ne sont ni contraires ni contradictoires, mais dont il faut, par la vertu de la prière, percevoir la divine harmonie. — Faisons-nous violence, doucement, vers Dieu.

Le principe unique de la morale, c'est celui de Moïse et de Jésus.

Il est surnaturel, puisqu'il fait violence à la nature.

Il est naturel, puisque l'esprit humain le découvre à travers les ombres précipitées en lui par Désobéissance ; et jusque dans ces ombres c'est encore la pensée de Dieu que nous retrouvons : tant il est impossible de séparer l'homme de Dieu ! N'est-ce pas de lui que procède la nature, même coupable, et en tant qu'elle demeure une condition formelle de la vie ?

Mon cher ami, la Révélation est certaine — tu le sais mieux que moi — et j'eusse sans doute procédé plus brièvement et plus sûrement en rappelant les motifs sur lesquels notre certitude se fonde. Mais de bien plus autorisés, devant lesquels je m'incline, accomplissent cette grande œuvre de bienfaisance spirituelle. Je vois avec une joie indicible reculer devant eux les négateurs et j'ai honte pour ceux-ci des exagérations exaspérées où la rage de nier les jette. Voilà qu'après avoir contesté la divinité du Christ ils en viennent à discuter sa réalité historique. Et que dis-je « discuter ! » Ils la nient. Ils *prouvent* à l'évidence son inanité. *A l'évidence...* (C'est toujours à l'évidence que concluent les négateurs). Cela ne donne-t-il pas à penser que leurs prédécesseurs, dans la même voie, étaient de biens faibles et timides esprits, puisque, libérés pourtant de toute sujétion religieuse, ils n'ont pas vu cette évidence qui leur eût épargné tant de laborieuses recherches et de polémiques douloureuses ? S'il est évident que le Christ n'a pas de réalité historique, nous n'avons pas à nous demander s'il est divin. Et que valent alors les travaux d'un Strauss, d'un Renan ?

§ II

« Ce qui est, c'est croire. »

Te rappelles-tu, mon cher ami, cette phrase d'un personnage de Dostoïevsky ?

« Je vous considère comme un de ces hommes qui se laisseraient arracher les entrailles en souriant à leurs bourreaux, pourvu seulement qu'ils aient trouvé une foi et un Dieu ? »

O cette phrase, quand je la lus pour la première fois, dans quelle émotion elle me jeta ! Il me semblait qu'elle me fût personnellement adressée. Elle précisait si nettement l'état de mon âme !

C'était le temps où je venais de publier *La Littérature de tout à l'heure*, et l'indulgente attention d'un public choisi s'arrêtait sur moi. On attendait que la réalisation corroborât l'exposé théorique ; et les amis ne manquaient pas qui me pressaient de réunir les poèmes épars... Pourquoi ai-je résisté au conseil de mes amis, et trompé la bienveillance publique ?

Il sera facile à mes censeurs de dire que j'ai bien fait de ne pas tenter l'épreuve, et je suis de leur avis, mais pour un motif qui n'est pas le leur. Pourquoi j'ai si longtemps ajourné les réalisations définitives ? Parce qu'il ne m'appartenait pas d'exprimer hors de l'absolu, et parce qu'il me manquait cet élément essentiel de l'expression dans l'absolu : une foi et un Dieu.

Je ne puis me repentir de n'avoir pas consenti à ce qui, de ma part, eût été une double trahison, devant ma conscience d'homme et devant ma conscience de poète. Mais combien d'années durant ai-je souffert de cette lamentable indigence spirituelle ! J'essayais de tromper ma faim de Dieu, de trouver, d'inventer une foi, et je suis de ceux auxquels pense Paul Claudel, disant :

« Soyez béni, mon Dieu, qui m'avez délivré des idoles, et qui faites que je n'adore que Vous seul, et non point Isis et Osiris, ou la Justice, ou le Progrès, ou la Vérité, ou la Divinité, ou l'Humanité, ou les Lois de la Nature, ou l'Art, ou la Beauté, et qui n'avez pas permis d'exister à toutes ces choses qui ne sont pas, ou le Vide laissé par votre absence. »

J'ai cru, j'ai cru croire, avec d'autres, en l'Humanité ; j'ai rêvé avec d'autres la Religion — non pas du Progrès (bien que j'aie, un instant, refusé de voir quel néant bâille sous ce mot), ni de la Nature, ni de l'Art (et j'ai dit : « L'art n'est pas une religion ; pourtant l'artiste officie »), mais de l'Humanité ; à la réalisation de ce rêve je me suis, avec d'autres, longtemps efforcé. Et peut-être, cela est dur à confesser, n'ai-je jamais ignoré que je m'efforçais en vain, dans l'orgueil et dans l'erreur. Et subrepticement, à l'insu de mes compagnons d'erreur, presqu'à l'insu de moi-même, et toujours plus souvent, je regardais à la dérobée vers Dieu — jusqu'au jour où il ne me fut enfin plus possible d'échapper à la lumière.

Ce n'est pourtant pas ce jour-là, tu le sais, que je pris le parti de réformer ma vie pour la conformer à ma foi, le parti de vivre. Je ne savais pas encore ce que c'est que vivre.

Une pensée de Villiers de l'Isle-Adam devait déterminer en moi la commotion dernière, décisive.

J'ai lu cette pensée fulgurante dans la réédition d'*Axël*, publiée (1) en 1912. Tu sais, mon cher ami, que Villiers avait eu, un instant, la préoccupation de modifier la fin de son admirable drame « dans un sens catholique ». Des fragments retrouvés dans ses manuscrits, et réunis en appendice à la fin du nouveau volume, témoignent de ce dessein. Dans l'un d'eux se trouvent ces mots, « qui semblent résumer la suprême pensée du poète », observent les éditeurs, ces mots,

(1) Dans la collection « Les Maîtres du Livre ».

« peut-être les dernières syllabes qu'il ait écrites » :

CE QUI EST, C'EST CROIRE

Je peux dire qu'en les lisant je compris pour la première fois le sens réel, vital du *verbe* entre tous : CROIRE. Ce n'est pas seulement adhérer par l'esprit, c'est se donner tout entier. Ceux qui possèdent la foi en procèdent par tous leurs actes, en vivent à tout moment. Ils ont l'unité, hors de quoi il n'est pas de vie. Ceux qui ne croient pas ne vivent pas. La vie par la foi répartit, dans leur ordre véritable, tous les éléments du composé humain, apporte la mesure dans l'intensité, la douceur dans la force, maintient le corps sous la domination de l'âme, et l'âme dans cette aisance et cette grâce que donne l'assurance d'aller le bon chemin. Voilà la foi dont j'avais besoin : l'absolu de la vie. Et c'est d'elle que tous les hommes ont besoin, *pour* ETRE. C'est elle qui explique la gaîté des saints, la constance des martyrs : ils vivent ! Ils vivent d'une vie que la mort ne peut limiter ni entamer, d'une vie qui traverse la douleur joyeusement, la mort victorieusement, d'une vie qui est vraie dans la mesure même où elle provoque la mort, d'une vie qui est une radieuse agonie perpétuelle.

Les grandes passions humaines suggèrent une image, faible, mais significative déjà, et juste, de cette vie vraie. Elles libèrent toutes l'homme des servitudes de l'espace et du temps, elles lui entr'ouvrent l'infini, elles l'amènent toutes à cet état d'inconscience supérieure où soudainement il se dégage de ce qu'il y a de périssable en lui. L'extase de l'amour, de l'héroïsme, du travail. Le poète ne sent pas le passage des heures, de la vie. Le héros ne meurt pas : il dépasse la vie. Les amants implorent la mort et voudraient se sacrifier à ce qu'ils aiment, entendant confusément que l'amour les appelle au-delà de la vie.

Ce qui est, c'est croire. La foi recèle plus

d'ardeur que n'en allument les plus violentes passions humaines. Elle rend la pensée tangente à l'absolu, elle fait communiquer sans cesse le temps avec l'éternité. Par la foi « nous sommes au monde ».

Contre ce mot, CROIRE, ainsi compris, que peuvent les objections du plus savant scepticisme ? Ce mot et ces objections ne se *rencontrent* pas. Ils sont sur deux plans que rien ne relie. Ce mot porte tout l'homme, esprit, cœur et chair, au-devant de la Révélation et fonde l'indestructible édifice de la religion sur le principe même de la vie. Autour de cet édifice les échafaudages du scepticisme s'élèvent, menaçants, et, après un peu de temps, s'écroulent, sans que la fatalité ait le moindre égard à l'effort que font les sceptiques pour varier leur style. Ils niaient, il y a cent ans, la possibilité physique et métaphysique du miracle, et maintenant c'est l'authenticité des textes sacrés qu'ils contestent. — Les gardiens de l'édifice, parmi la musique et l'encens de leurs prières, perçoivent quelquefois les rumeurs et la fumée qui montent des échafaudages et, douloureusement, s'émerveillent de la stérile activité où se perd le génie humain quand il prétend mesurer à la taille de son esprit les pensées et les œuvres divines. Comment ne pas voir la nécessité des *difficultés*, des *obscurités* dont le dogme s'entoure ? Comment nous serait-il possible, dans le présent état relatif de notre être, de comprendre l'absolu ? Ceux qui attendent, pour croire, qu'il leur soit interdit, rationnellement, de douter, reprochent à Dieu d'avoir respecté la liberté et la dignité de sa créature en lui épargnant l'éblouissement d'une évidence qui, d'autre part, supprimerait l'obéissance et le mérite.

Et les gardiens de l'édifice catholique se hâtent de reprendre la seule attitude qui convienne à l'âme humaine devant l'absolu, l'attitude de l'abandon volontaire, total, définitif et fervent.

L'absolu est le lieu unique de la vie ; la foi en l'absolu, le ressort unique de l'âme. On ne raisonne pas de l'absolu, mais tous les raisonnements le supposent ou y aboutissent. En lui la pensée a son centre, le principe de cette unité qui a fait la splendeur des grandes époques de foi.

Hier encore ces grandes époques — je parle des hauts siècles du Moyen âge — étaient méprisées. On commence à soupçonner leur magnificence. Il conviendra donc de reconnaître à l'idée d'absolu son antique empire sur le domaine spirituel. Et déjà les derniers philosophes refusent de reléguer, dans la catégorie de l'inconnaissable, les problèmes qui ne relèvent pas de l'observation et de l'expérience. Comment oublier que le père de la philosophie moderne mettait dans une « arche sainte » toutes les « vérités » qui concernent la foi ? Il les y mettait en qualité de *réponses* aux questions que se pose l'esprit, puisque c'étaient à ses yeux des « vérités », tandis que l'inconnaissable de Comte est l'abîme où gémissent toutes ces *questions* humainement insolubles. Je crois que le temps vient où Questions et Réponses échangeront à nouveau les répliques éternelles. Car nous ne pouvons du tout nous dispenser de connaître l'inconnaissable et de poser les questions pour lesquelles il n'y a de réponses que dans l'arche sainte.

Retournons à l'école des seuls doctes : des docteurs qui tiennent leur science de Dieu.

Là-dessus, j'entends, du fond de mon jardin, goguenarder les gens. Ils ramassent, bienveillants, les proverbes comme des pierres : « Quand le Diable devient vieux... »

— Ermite ? Hélas ! Qu'a-t-il donc de mieux à faire, ce pauvre Diable repenti, que de se rendre ermite, en effet, dans quelque benoîte Thébaïde ? Que n'a-t-il commencé par là ! Mais il n'eût pas été le Diable : il n'eût pas été. Et puis, où donc la solitude ? On a retrouvé, tu sais, tous les coins perdus. Et puis, et puis... ermite ? Il faut avoir la vocation !

Non, je ne me rendrai pas ermite. Je reste, exposé à tous les coups, dans l'action, avec beaucoup de dégoût, mais encore plus de pitié pour les pauvres petites âmes qui, déjà, m'accablent d'injures, — avec encore plus de vénération que de dégoût et de pitié pour ces pauvres petites âmes qui empoisonnent sur mon chemin les fontaines en y jetant leur reflet, et qui pourtant gardent, ô merveille ! l'indélébile empreinte initiale de Dieu.

Ce n'est point en succombant à la fatigue, c'est, au contraire, par un renouveau, par un sursaut d'énergie que je reviens à ma propre vérité en remontant à Dieu. — Permets-moi, mon cher ami, une comparaison que je tirerai de l'objet d'étude le plus familier à mon esprit.

Pour expliquer le développement des poètes et des artistes, la découverte qu'ils font d'eux-mêmes, lentement à l'ordinaire, et au prix de nombreuses erreurs, j'ai proposé cette théorie, que je crois fondée en expérience, d'une courbe qu'ils décrivaient d'eux-mêmes à eux-mêmes, en passant par ces deux points extrêmes, tous deux étrangers à leur personnalité, la nature et la tradition. En commençant à décrire cette courbe, ils s'écartent donc de leur réalité individuelle, ils s'informent de tout ce qui n'est pas cette réalité, ils courent le grave danger de l'altérer, de la perdre ; mais, chemin faisant, ils apprennent le métier de leur art, et, s'ils sont constitués, s'ils ont reçu le don de résister aux séductions qui pourraient les entraîner et les retenir hors de leur voie, ils auront, quand sonnera pour eux l'heure féconde du retour à la patrie intérieure, pris conscience et de leurs différences et des moyens de les exprimer selon les lois de la nature : ils s'ajouteront à la tradition sans la démentir ni la répéter. — Peut-être une courbe analogue à celle-là, et plus laborieuse encore, est-elle imposée à certaines âmes en quête de la vérité. Au risque d'en mourir, il leur est enjoint de braver tous les orages, de goûter tous les poisons, avant de connaître le prix de la paix et le délice du seul aliment vital. La vérité les attend et les guette du fond de l'erreur. J'ai besoin de penser que je suis une de ces proies de l'imprudence, pour me pardonner d'avoir, si longtemps, méconnu Dieu et moi-même, — Dieu qui pourtant m'appelait, du fond même de mes fautes, avec la propre voix de ma pauvre âme.

Mais, ermite ? — Certes, il serait doux, après avoir enfin compris la Voix, de fuir le monde, d'échapper au coudoiement de la canaille, de *contempler*.

« Oh ! fuir ! fuir les hommes et se retirer parmi quelques élus, élus entre mille millions de mille ! » (1)

Rêve. Le devoir est de rester en contact avec la canaille et de lui tendre la main, de la rappeler à la pensée, à l'acte de son salut, à la nécessité de vivre, d'être, de croire. — Nous assurerons-nous de notre propre salut si ceux que nous aurions pu sauver se perdent ? Si nous avons reçu la vie ne devons-nous pas la répandre ? Cette identité de la vie et de la foi, ne devons-nous pas tout faire pour en persuader ceux qui l'ignorent ?

« Il manque un sens aux incrédules », dit Bossuet ; oui, le sens de la vie. Mais il dort

(1) Alfred de Vigny.

en eux plutôt qu'il ne leur manque. Nous possédons tous, en puissance, la faculté de vivre. Il dépend de nous d'exercer, d'employer cette faculté et de la développer.

— La foi est un don, objectent certains, une vertu surnaturelle : je n'ai pas reçu ce don.

Répondons-leur : La foi, la vie est un don qu'il faut *exiger*.

— De qui ?

— De Dieu.

— Pétition de principe ! Si je puis implorer Dieu, je crois donc en lui et je lui demanderai ce que je possède déjà.

— Est-ce tout un de savoir qu'un trésor existe et d'en jouir ? Je vois passer deux amants extasiés dans leur joie : possédé-je leur bonheur pour ne pas ignorer qu'il a son principe dans l'amour ? Mais si je veux être heureux, moi aussi, je tendrai mes mains, j'ouvrirai mon cœur à l'amour, et je n'aurai pas de cesse qu'il ne m'ait exaucé, lui que je ne connais pas encore, mais de qui je sais qu'il est : car je ne puis le nier puisque j'ai vu passer deux amants. — Il n'est pas du tout illogique d'implorer Dieu sans le connaître, de demander la foi : ne savons-nous pas que d'autres la possèdent et qu'elle est pour eux une source inépuisable de bonheur ?

La foi ne requiert point, nous l'avons vu, le renoncement de la raison. La raison, au contraire, ne témoigne jamais aussi superbement de sa lucidité qu'à l'instant où elle proclame la réalité surnaturelle des mystères et son impuissance à les comprendre. Mais cette impuissance même ne la réduit pas à l'inertie. Elle s'emploie à démontrer la nécessité de ces mystères, à établir les principes qui s'en déduisent, à les défendre contre l'erreur : puisqu'ils sont nécessaires, rien de vrai ne peut être qui ne soit dans leur dépendance, qui ne soit leur retentissement dans le monde naturel. Il appartient à la raison de prouver qu'au terme de son propre domaine, sur un autre plan et dans la même direction, doit commencer l'empire du mystère.

Alors, aussitôt obtenu, sur ces conclusions de la raison, le consentement de la volonté, une opération merveilleuse s'accomplit dans la vie intérieure de l'homme. La foi et l'instinct se rencontrent et s'unissent. Un instinct spécial ; sensibilité spiritualisée où l'esprit d'analyse n'a point de part ; sens innommé ; la faculté mystique ; tous les vivants humains la possèdent, les foules comme les individus, et cet instinct existe à tous les degrés. C'est lui qui allume soudain la même flamme dans tous les yeux quand sont prononcés les mots « miracle », ou « mystère », ou « religion ». C'est lui qui perçoit, parmi les ténèbres dont le monde est environné, *l'évidence mystérieuse de Dieu.* C'est lui qui explique le génie des grands mystiques et des grands poètes, leur divination de rapports inconnus entre des termes connus. C'est lui qui nous fait accepter la domination de la beauté, au-delà de son emprise sur les sens et de sa souveraineté sur l'intelligence, qui nous contraint à lui payer ce tribut de tendresse admirative par quoi chacun se donne à elle sans rien recevoir d'elle, qu'un prodigieux surcroît de vie, récompense immédiate du don de soi.

A l'âme en qui cet instinct devance l'intelligence pour accueillir la foi dans l'instant où celle-ci le cherche, les choses apparaissent comme elles sont, exemptes des déformations que l'analyse leur impose afin de les placer dans le rayon de son regard et de les apprécier par ses successifs et lents moyens de connaissance.

Sera-t-il possible, un jour, de démontrer scientifiquement que la foi permet à la raison de tout concevoir, sinon de tout comprendre, comme elle permet à la sensibilité de tout supporter ? Seule elle vivifie tout l'homme, éclairant directement l'instinct qui, à son tour, rectifie l'intelligence. De concert, elle cherche et il trouve ces choses que, hors de la foi, l'intelligence et l'instinct désunis ignorent. Dans cet état de désunion, il ne se déduit guère de nos vues les plus profondes que d'indécises allusions à cette vérité unique dont nous avons le *sentiment* intuitif. Bientôt la vérité se pulvérise sous l'effort de nos pensées, qui voudraient la saisir en se rassemblant autour d'elle, comme des doigts autour d'un objet dans le geste brutal de l'étreinte.

L'homme correspond à la Révélation par une aspiration native et irrésistible, *par d'antérieurs échos du Verbe*, où il peut connaître que le « naturel » de son âme est dans le surnaturel. Si la vérité n'était éternelle, j'oserais dire que l'instinct par lequel nous croyons la précède. Il saisit la vérité par un geste vital et fatal, comme l'appareil respiratoire capte l'air.

§ III

Il suffirait d'un sentiment juste de l'art pour nous convaincre de la nécessité d'une Religion et de l'excellence de la Religion catholique.

L'art est essentiellement religieux.

Quand tu t'es senti appelé par Jésus, mon cher ami, à le servir dans son Eglise, t'es-tu demandé s'Il te permettrait d'y conduire le chœur des muses ? On les dit un peu décriées en cour sainte, à cause des fautes commises en leur nom, et bien qu'elles en soient innocentes. Les vierges folles, en contrefaisant le sourire des vierges sages, les ont compromises.

Mais quelle extase de joie, n'est-ce pas, quand tu compris qu'il ne t'était pas demandé de sacrifier ta mission de poète à ta vocation de prêtre, qu'on ne te reprenait pas les dons d'Apollon, qu'on te prescrivait seulement de consacrer les plus belles de tes odes à la gloire de Dieu ! Jaloux d'unir

La foi prudente avec la poésie ailée,

tu t'enorgueillis doucement du rang qui t'était assigné dans les saintes milices :

Je lutte par la voix, Prêtre, Apôtre, Chanteur.

Moi aussi, quand furent enfin brisées les mauvaises forces qui m'avaient guindé dans le geste de la rébellion, quand s'acheva mon évolution trop lente par le mouvement brusque et logique de la révolution intérieure — du retour au seul Principe — je compris. Je compris qu'il m'était ordonné d'achever *maintenant*, loin que j'y dusse renoncer, l'œuvre entreprise aux premiers jours de ma jeunesse, que maintenant seulement il m'était permis de pénétrer à fond ma propre pensée — car elle fut toujours, mais je ne le savais pas, chrétienne — et que la cause unique de tant de retards était là, dans cette longue ignorance du sens vrai de mon instinctif désir.

Et tout, aussitôt, en moi s'illumina. Comme les intentions bonnes, mais incohérentes, où j'avais jusqu'alors trompé ma fièvre d'action, mes rêves de poète épars encore malgré ma passion d'unité se coordonnèrent, et je vis du même regard d'ensemble harmonieux le but où il faut que tendent toutes les énergies droites pour rendre à ce mot sacré, Civilisation, son acception pure, oubliée. Je compris, ah ! pleinement, je compris qu'il ne m'avait pas été possible, avant cette heure, de faire mon message, parce que j'en méconnaissais moi-même, avant cette heure, la teneur, la destination et la portée. J'avais besoin, pour le connaître, de posséder l'indéfectible certitude, qui n'est qu'en Dieu, d'abord : de ces hauteurs seulement on peut VOIR.

Hélas ! elle a tardivement résonné dans ma conscience, l'heure divine, et je ne peux plus compter que sur de brefs délais pour rendre mon témoignage... Qu'il me soit du moins accordé de les consacrer tous, en dépit de la vie et de ses peines, au but essentiel, tel qu'enfin je le VOIS !

Tous les poètes, tous les artistes le savent : la poésie et l'art, dans leur acception la plus haute, sont des actes de foi. D'une part, ils supposent un absolu vers lequel ils tendent, et, d'autre part, l'effort par lequel l'homme met au jour la beauté, telle que personnellement il la comprend et il l'aime, se confond avec l'effort qu'il fait pour prendre conscience de sa plus intime et de sa plus essentielle et personnelle essence. C'est ce que Dieu a déposé d'éternel dans l'homme qui communie à l'éternité de Dieu même. Les rhythmes sont des rites instinctifs, les balbutiements, à l'origine, de notre primordial désir de Dieu. Les rhythmes se confondent avec les rites dans tous les grands instants de l'histoire du monde, aussi bien chez les Grecs, qui célèbrent dans leurs tragédies les bienfaits ou la colère de leurs dieux, que chez les chrétiens, qui découvrent dans la douce famille humaine un reflet auguste de la Sainte Famille. — Hors de cette mission sacrée, la poésie et l'art ne sont que des jeux, charmants et puérilement subtils ; ils tombent dans la fadeur et dans l'ignominie quand l'homme a tout à fait oublié le sens religieux de la poésie et de l'art : c'est dans le même instant que la civilisation se précipite aux turpitudes de la décadence.

Il est donc tout à fait impossible au poète, à l'artiste, d'ignorer la nécessité d'une religion dont ils sont les preuves vivantes, par la nature et par la destination de leur génie (1).

La poésie et l'art démontrent l'identité, chez l'homme, de l'être et de la foi.

(1) Ceci appellerait des développements que force m'est de réserver pour une lettre ultérieure, toute consacrée à l'Art. Je me contente, ici, de noter, en ajournant les répliques nécessaires aux objections prévues, que même l'art précisément dénommé « profane », à la condition qu'il puisse légitimement prétendre à la dignité du grand art, est toujours religieux. Combien mystiques, la poésie et l'art des modernes pessimistes !

On veut que *le Sacré* soit aboli ? Du même coup le beau périrait.

Comment, dès lors, s'étonner que la religion et la poésie aient les mêmes ennemis, subissent les mêmes vicissitudes ? Le poète a cette gloire unique : il partage la fortune de Dieu.

Par là s'explique l'antinomie, très réelle, quoi qu'on en dise, de l'art et de la science.

Les savants, sincères, ne jurent-ils pas, tous les matins, que c'en sera fait de l'art avant la fin du jour ? Menaces dont les poètes n'ont point à s'inquiéter. C'est la science qui meurt, périodiquement, partiellement, avec les systèmes qu'elle est obligée d'abandonner. L'histoire de la poésie et de l'art ne compte point de telles défaites ; ce qui fut beau, un jour, le demeure à jamais. Mais ces menaces n'en sont pas moins significatives. Elles visent moins personnellement l'art que la religion avec laquelle, bon gré mal gré, il reste associé.

Bon gré mal gré... Les artistes ne sont pas rares, qui supportent impatiemment cette alliance et voudraient la dénoncer. Ils protestent qu'ils sont étrangers à toute religion précise, pratique. Sans avoir, pour la plupart, étudié ni la religion catholique ni aucune autre religion, et quand l'honnêteté leur prescrirait, en conséquence, de se taire sur de tels sujets, ils n'hésitent pas à contresigner le préjugé absurde qui déclare incompatibles la raison et la foi. Sur la parole de certains savants, sans la contrôler et pour cause, sans réfléchir qu'aux négations de ces savants des affirmations sont opposées par d'autres savants d'un mérite incontesté, c'est pitié d'entendre ces pauvres grands ignorants jurer qu'ils ne peuvent s'incliner devant le dogme. Ils ne se doutent pas qu'ils font, jusque dans cette superbe protestation d'indépendance, acte de soumission. La parole du savant est devenue leur « parole d'évangile », mais cette substitution n'a point affranchi leur pensée, les deux paroles sont, pour eux, également mystérieuses, et les incrédules comme les croyants procèdent, les uns et les autres, de l'esprit d'autorité.

Mais, bon gré mal gré, dis-je, c'est du côté de Dieu que l'artiste va, par son mouvement instinctif et par la nature même de son activité.

Comment ne pas voir, entre le Dogme et l'Ecriture, qui sont les objets essentiels des études du croyant, et la nature et les chefs-d'œuvre, qui sont les objets essentiels des études de l'artiste, une saisissante analogie ?

Pour l'artiste, la vérité est dans la nature ; il n'y doit rien changer, il n'y doit rien ajouter, — que lui-même, et son amour pour elle, et sa façon de la comprendre (compréhension fatalement limitée et faillible) ; hors d'elle, pour lui, point de salut. Toute sa gloire sera de la représenter selon l'âme qu'il a reçue, de la découvrir, et non pas d'inventer à côté d'elle une fiction qui serait sans vie, puisqu'il n'est de vie que dans la nature et par ses lois, et de révéler cette vie au monde par une transposition fidèle. Les œuvres de l'artiste sont donc à la fois des hymnes à la beauté de la nature et des apologies de sa vérité : des écritures saintes, oserai-je dire, inspirées, qui témoignent du sens réel des choses et qui le défendent contre les interprétations hétérodoxes des faux prophètes de l'anarchie esthétique comme des pharisiens de l'institut ou de l'école. — Ainsi des Dogmes et des Textes. Ils SONT ; inaltérables et complets. Et point de salut, qu'en eux. L'œuvre du croyant sera de les pénétrer, de creuser dans leur profondeur, d'ajouter la lumière du génie à celle de la Révélation, de transposer la parole divine dans le langage humain, de faire de la vérité une science et de défendre cette science contre les faux savants, de rechercher dans toutes les autres sciences — histoire, philosophie, ethnologie, philologie, archéologie... — les retentissements de cette science centrale. Et, pas plus que de la nature l'artiste, le croyant ne se promettra de pénétrer tout le mystère du Dogme. Ils vont tous les deux jusqu'à cette fin de l'homme, jusqu'à cette supérieure inconscience où la pensée ne se possède plus et se dépasse, qui participe de l'extase et jouit du mystère.

Le mystère, le surnaturel, ce sont les objets même de la foi. Ne sont-ils pas les objets aussi, extrêmes, suprêmes, de l'art ? N'est-ce pas, en définitive, l'invisible que le poète et l'artiste cherchent, dans la nature, au-delà de ses premières apparences ? Les formes et les mots, dans un tableau, dans un poème, n'expriment-ils pas au-delà de ce que perçoivent directement nos yeux et nos oreilles, au-delà du sens immédiat et du logique agencement des éléments lyriques et plastiques ? N'y a-t-il pas dans toute belle œuvre comme un évanouissement d'elle-même et de ses conditions finies ? Ne nous prend-elle pas plus haut que la sensibilité, plus haut que l'intelligence, dans cet instinct dont je parlais par quoi l'âme cherche et conçoit le mystère ? De combien d'œuvres formellement irréprochables disons-nous, avec un regret qui les condamne : cela manque de mystère ? C'est que la beauté sans mystère n'est pas belle. Les beaux yeux ne sont pas beaux,

> Qui ne récèlent pas de secret précieux.

Pour mériter mon attention il faut que le poète me conduise au bord de l'ineffable, et que j'écoute encore, et que je croie entendre encore quand il se sera tu.

Mais le mystère dont je veux jouir ne sera pas quelque énigme artificielle et ingénieusement combinée. C'est mon énigme à moi et à toi, l'énigme universelle et unique, infinie, le mystère religieux qui fait le fond de la nature et de nos âmes.

Jean Dolent, que j'aime tant et à qui nous devons bien des paroles lumineuses, a écrit ceci que je n'aime pas : « Si je n'étais épris d'art, je serais mystique. » Parce que je suis mystique, je suis épris d'art ! La seule esthétique, au fond, dont nous cherchons tous, plus ou moins consciemment, les lois, c'est l'esthétique du Paradis. « La poésie est la langue des prières (1). » La musique, qui fait de la vie avec la mort perpétuelle des sons, est le symbole même de l'immortalité. Le peintre et le sculpteur discernent et nous révèlent, dans l'univers, les harmonies secrètes qu'il recèle et qui, seules, persisteront en lui quand, au terme du temps, il retrouvera sa jeunesse édénique.

L'art est la représentation de la vérité radieuse, une allusion à la forme de l'amour.

Rigoureusement, sans doute, la vérité n'a point d'image, et la forme de l'amour restera cachée à nos yeux mortels. Mais l'art découvre dans la nature les reflets de la lumière, les échos de la parole, les formes analogiques de l'*idée* divine, qu'entrevoit notre instinct par un pressentiment inné. L'art et la poésie montrent ce que la philosophie et la science sont impuissantes à démontrer.

Fonction naturelle et mystique, d'où nous devons conclure à la réalité naturelle du mysticisme, à la nécessité de la Religion.

(1) Lamartine.

Religion : et non pas mysticisme vague et religiosité. L'initiale aspiration religieuse de l'art exprime un désir que, laissé à ses seules forces, il ne peut satisfaire. Le rite instinctif cherche la loi qui lui permettra de se préciser. Et ne voyons-nous pas que la poésie d'intention religieuse est d'autant plus belle qu'elle s'approche davantage des certitudes du rite ordonné ? Elle trouve sa pleine splendeur dans le sentiment de la Présence réelle. C'est ce sentiment qui donne au Livre de Verlaine sa prodigieuse intensité, qui l'élève si haut au-dessus des plus mélodieuses modulations d'un Lamartine, qui le rejoint au Livre de Dante.

La poésie vraiment religieuse est le prélude humain du drame sacré de la Messe.

Il faut que je me fasse violence pour conclure ici cette Lettre, ou plutôt pour l'interrompre ; car le sujet, n'est-ce pas, est immense. J'écarte la foule des pensées vivantes qui m'assaillent, qui voudraient toutes être dites ; elles seront dites ; d'autres Lettres suivront celle-ci.

Je te quitterai, mon cher LOUIS LE CARDONNEL, sur cette observation, qui sera développée plus tard :

Périodiquement, au cours de l'histoire, la lumière catholique paraît s'éteindre, puis se rallumer : et c'est un flux de ténèbres qui bientôt recule devant un reflux de lumière, à quoi succède un flux de ténèbres nouvelles que repousse un reflux de nouvelle lumière. Ces grandes marées spirituelles conditionnent l'évolution du monde. A chacun de ses réveils le jour catholique se lève plus brillant, comme retombe toujours plus lourde la nuit et plus profonde.

Aujourd'hui point une autre aurore, éblouissante plus que toutes jusqu'à nous.

Aujourd'hui, nous pouvons annoncer qu'une glorieuse phase commence dans l'histoire de la civilisation catholique.

Dans cette grande espérance, dans cette radieuse certitude, je te salue, mon cher ami.

SAINT-AMAND (CHER). — IMPRIMERIE BUSSIÈRE

www.ingramcontent.com/pod-product-compliance
Ingram Content Group UK Ltd.
Pitfield, Milton Keynes, MK11 3LW, UK
UKHW021232230726
13926UKWH00003B/1388

9 782014 467925